KB116618

민들레 편지

민들레 편지

—

초판 1쇄 2015년 7월 27일
지은이 이남순
펴낸이 김영재
펴낸곳 책만드는집

—

주소 서울 마포구 양화로3길 99 4층 (121-887)
전화 3142-1585·6
팩스 336-8908
전자우편 chaekjip@naver.com
출판등록 1994년 1월 13일 제10-927호
ⓒ 이남순, 2015

—

* 이 책은 한국출판문화산업진흥원의 2015년 〈우수 출판콘텐츠 제작 지원〉
  사업 선정작입니다.
* 이 책의 판권은 저작권자와 책만드는집에 있습니다. 이 책 내용의 전부
  또는 일부를 재사용하려면 양측의 동의를 받아야 합니다.
* 잘못 만들어진 책은 구입하신 서점에서 바꾸어드립니다.

—

ISBN 978-89-7944-539-8 (04810)
ISBN 978-89-7944-354-7 (세트)

책 만 드 는 집
시인선 070

민들레 편지

이
남
순
시
집

책만드는집

우짜겠노

동창이 대뜸 물었다
와 하필 시조고?

오데, 딴 재주 있었나
게꽁지 같은 재주 한 올

그나마
할 줄 아는 기
고것 하나 뿐인기라

－2015년 7월
이남순

| 차례 |

2부   나뭇잎 차일

3부　내일도 마지막이니

4부   감국 향기

5부   일몰에 서서

1부

사랑니를 말하다

민들레꽃

가난이란 짐수레에 무시로 짓밟히고

눈물로 징거매던 에움길은 얼마더냐

그 설움

기어이 딛고

오똑 피운 나의 꿈

11월 연밭

열다섯 여린 꽃잎 군홧발에 뚝뚝 지고

삭은 대궁 그마저도 서리서리 얼어붙어

짓밟힌 한 생도 모자라 눈물 벌에 나앉았네.

사랑니를 말하다

스물의 그 나이엔 애틋했던 네 이름이
마흔 지나 또 몇 해 벼랑길에 내몰렸다
에움길 불협화음도 잘도 버텨주었는데

겸손히 뒷자리에 죄 없이 살았건만
감출수록 드러나는 서러운 더부살이
누군들 덤이 되는 삶 한 번쯤은 없었을까

한 치의 그 경계를 겨냥하던 징후 앞에
새파랗게 질린 채로 뿌리까지 드러낸 너
소소한 언질도 없이 나는 너를 잃었다

민들레

언제 와 계셨을까 빛 기운 틈 사이로

여린 바람 스쳐가도 와르르 무너질 듯

저 백발, 우표도 없이 만 리 길을 오셨네

몇 밤을 꼬박 샜을 가이없는 걱정아비

얼마나 꾹꾹 눌러 침 발라 쓰셨는지

안 봐도 다 비쳐 뵈는 아버지의 속마음

편지지 뒷면까지 뚜렷하게 박혀 있는

열일곱 집 떠나서 처음 받은 삐뚤 글씨

짤막한 안부 편지를 그날인 듯 다시 읽네

직박구리

정이월 칼바람에 난민처럼 웅크렸다
부러진 날갯죽지 뼈 없는 깃을 묻고
역 광장 한 모퉁이에 누가 버린 박스 둥지

무수한 헛말들이 쏟아지는 수도 서울
언젠가 저 부리로 세상 말을 흉내 내며
잿빛도 하늘 꿈이라 새벽길 열었을 법

첫 기차 기적 소리 우렁찬 홰를 쳐도
활개를 꺾어버린 벙어리 맹수인가
꿈적도 하지를 않네, 저 속을 모르겠네

어둠 한 채

모두 떠난 둥지에 허울로 남아 있는
계절도 등을 돌려 칼바람 한창인데
마른 뼈 굳은 마디로 끝끝내 버텨 섰네

한번 간 종손 내외 설 명절도 가뭇없어
처마 밑에 칭얼대던 마늘씨는 다 삭았고
헛도는 수레바퀴만 들판 길을 추억하네

오늘도 막버스가 이냥 가는 신작로엔
핏기 없는 눈발들만 허공 돌다 흩어지니
빈 날을 지켜가야 할 저기 저, 옛집 한 채

애벌레 납시다

아직도 못다 거둔 잔설을 비집으며

온몸으로 맨바닥 길 당겨 가는 저 사내

땡그랑, 동전 한 닢이 환청 속에 떨고 있다

바람도 이쯤에선 보폭을 줄이는데

더 높이 서기 위해 앞만 보고 달려가는

지상엔 청맹과니뿐 눈총들만 비켜 갈 뿐

낮추어 여며오던 휘우듬한 더듬이로

허공을 더듬느라 주춤대는 입춘 무렵

눈발도 발을 헛디뎌 허방 길에 빠진다

골목

남은 한 집마저 겨울비에 문 닫았다
북적대던 발길들이 뚝 끊어진 먹자골목
큰길가 유리대문만 밤낮으로 번뜩인다

응달에 늘 빙판이던 햇살 들 일 없는 나날
내리다 만 셔터 아래 나뒹구는 고지서들
추스를 마음도 없다, 진눈깨비 치고 간다

끝끝내 떠나지 못한 너테 위에 비닐지붕
불황의 안개 속에 미등처럼 숨죽일 때
우리네 가눌 수 없는 그림자만 흔들린다

늦봄

긴 오월, 신열 피듯 찔레꽃 지천이다
저 꽃잎 떨어져야 깜부기라도 털 터인데

어무이,
오시는 길에
찔레꽃도 안 피었등교?

발목마다 향기 놓는 바람꽃 변주에도
떠밀려 오셨는지 흙투성이 외할머니

울 엄마
빈 솥을 닫고
저녁연기 피우신다.

강아지 인형

땅바닥에 배 붙이고 얌전히도 잠들었다
태엽이 풀렸는가 더 이상은 짖질 않네
추스를 필요도 없는 착각 속의 꿈이었나

없는 강도 만들어서 다리를 놓겠다며
느티나무 등걸에서 매미처럼 왁자지껄
혀끝을 날름거리며 완강히도 타전하던

게거품 그 공약은 철새같이 가뭇없고
높디높은 담장이라 모르쇠로 일관하다
꿀 먹은 벙어리마냥 능청스레 잠들었네

소문난 국밥집

햇살이다, 어디라서 이토록 쟁쟁하랴
말뚝잠 지친 아침 제집처럼 찾아드는
허기진 사내들이 있다, 하얀 입김 뿜으며

천오백 원 나물국을 화로인 양 마주 놓고
시린 등에 얹힌 소식 슬금슬금 풀어보니
모두가 동병상련이네, 한잔 술이 이웃이다

국밥집에 앉고 보면 너나들이 곁이 된다
가마솥을 달궈내는 불꽃같은 이야기
가뭇이 풀어진 꿈들, 국물 속에 뜨겁다

수취인 불명

등록금 용지 겉봉에
"이남순 학부모 귀하"

반듯한 저 활자를
밥상에 올려놓고

어이쿠, 배달사고라니
그럼 누가 받을 건가

남편은 관계란에
배우자라 획을 긋고

아버진 출가외인
가부좌로 앉았으니

반송될 한 통의 편지
그럼 나는 누구인가?

징후

칠흑 같은 귀밑머리 하얗게 밀어내고

거울 속 내 하늘이 햇살처럼 환해온다

불혹을 벼랑에 떨치고 지천명에 이르니

오래도록 내린 그늘 하나둘씩 물리치고

내 주위에 맴을 도는 가을밤 별자리들

더 이상 어둠은 없다 반짝임이 돌올하다

주름 지폐

열무 고추 호박 가지 풋내음 물씬 나는
때 절은 앞 전대에 꾸깃꾸깃 하루 장사
어둑한 시장 모퉁이
웅크린 채 세고 있다

배춧잎 서너 장에 시래기도 열댓 장
찢어진 놈 풀 바르고 구겨진 놈 주름 펴서
장판 밑 정히 모시고
금줄 치신 울 어머니

불 꺼진 병실에서 그때인 듯 세고 있다
아무리 세어봐도 주름 펼 날 없는 세월
몇 장場을 더 건너가야
웃음 한 잎 손에 쥘까

2부
나뭇잎 차일

홍시

눈 감아야 보이는 사람
어둠 속에 동그란 사람

달빛 자락 흔들리는 파도 같은 생가지에

볼 한 번 부비지도 못하고
떠나보낸 그 사람

나뭇잎 차일

한낮 뙤약볕이 등허릴 후려쳐도
겹겹이 바람을 당겨 잎잎이 몸 세우고
하늘도 어쩌지 못할 차일 한 채 짓고 있네

쪽잠 든 저 노숙 단꿈 하마 깨일까
뒤척이는 그와 함께 너울너울 품을 열어
불볕을 삼키고 있네, 초록의 한낮 고요

노을 자리 번져 들 때 그도 갔다, 붉은 길을
굽어진 저 행로에 햇살 기운 그늘 한 채
그 먼 길 상여도 없이 나뭇잎에 덮어 가네

만월滿月

혼자서 늘 혼자서 속마음 접었는데
숨겨온 그리움이
시나브로 부풀어서
어느새
내 가슴 가득
차오르는 얼굴이여

따스한 그 속살에 포근히 안겨보니
아, 나 오늘 밤
비로소 둥글어졌네
이제는
아쉬움 없네
기울어도 가득하겠네

은가락지

친정집 묵정밭가 별무늬로 도드라진
하얀 토끼풀꽃 내게 가만 눈을 준다
꽃반지 감아주던 풋내 슬며시 들춰내며

잊었다 잊었다며 섶 깊이 묻어봐도
건듯 바람 몰래 들어 가슴속을 보삭대며
열일곱 까까머리가 새순처럼 돋아난다

눈물 빛 추신

– 정서방 미안하네 쪼맨타, 보태게나 –

자빠질 듯 삐뚤빼뚤 양면지에 쓰신 한 줄

오십 된 딸자식 등록금 부쳐주신 아버지

꼬깃꼬깃 지폐 몇 닢 동봉하신 어머니

바위 밑에 숨겨놓은 보물찾기 쪽지 같다

– 돈이라 할 껏도 엄따 공책 갑시나 댈찌 몰라 –

가로등 일기

낡은 구두끈을
지질러 밟으면서

오늘 술값 내가 낸다고,
친구 등을 밀쳐내는

대폿집 계산대 앞에서
큰소리치는 남자

얄팍한 봉투 속 돈
낱장으로 세어주며

실직 후 처음으로
술빚 한 번 갚았다고

환하게 웃는 저 남자
귀갓길을 굽어보는,

섣달그믐

어디쯤 오시는지 아버지 다 오셨는지
얼른 일어나서 머리 한번 짚어봐라
함지에 꿀밤 묵 그득 윗목에다 모셔놓고
올 리 없는 아버지가 마을 길에 다다른 듯
안달 난 어머니는 나를 깨워 또 점친다
그러면, 두 손을 올려 앞머리를 짚어주면
곱다란 쪽머리를 참빗으로 고쳐 빗고
짐짓 기척 들리는 듯 장지문만 훔쳐보는
평생을 마른 기다림, 내 머리만 되짚는 밤

소묘

끊어진 발가락은 어느 땅에 묻혀 있나
무너진 콧잔등에 떼 바람이 들이치고
산다화 젖은 꽃 자국 눈물바람 일렁인다

절룩이는 발걸음이 해마다 숨이 차서
대숲으로 꺾어지는 사내의 긴 그림자
목숨도 짐이 되는 걸, 누가 와서 거둬주랴

구름 몇 점 흘러드는 유배지 애양원*에
얼어붙은 울타리를 서성이는 눈발들이
대문만 흔들어놓고 흔적 없이 사라진다

* 전남 여수 한센병원 요양원.

입동 立冬

오일장 이른 아침에
창살차가 도착했다

더 납작 엎드리지만
후려 당기는 고삐 앞에

어미 소 늙은 울음이
터질 듯이 붉었다

그날도 그랬었지,
요양원에 가시는 날

모로 누워 버텼지만
막장 같은 들것 앞에

아버지 삼킨 울음도
눈발처럼 떨었다

방패막이

내 소금의 첫 기억은
간밤의 오줌싸개

물바가지 덮어쓸 때
무섭고도 부끄러워

지금도
그 방패막 속엔
간이 덜 밴 내가 있다

휴전선 봄비

서로가 과녁으로 부라리는 초소 앞에
하나의 대속으로 열두 겹 문을 열고
철조망 뒤엉킨 담장을 율 고르듯 오는구나

한 시대 녹슨 역사 가시울에 되말려서
풀잎 하나 꽃잎 하나도 숨어 피는 이곳에
반세기 검질긴 매듭 실실 풀며 오는구나

철새여 네 부리로 질긴 망을 걷어내라
그물 없이 오고 가는 바람도 모였으니
저 건너 고향 하늘이 맨발로 오는구나

마중물

살아 네 가슴에 푸르게 가 닿기 위해*
어수선한 욕망의 깃발, 하나둘 걷어내고
무저갱 아래로 아래로 조심조심 내려간다

지상의 교만함도 지하의 비굴함도
기꺼이 마음 열어 함께하고 싶었다
나 먼저 너를 만나서 강이 되고 싶었다

이제는 길을 열어 흘러가고 흘러오고
우리 서로 다 비우면 이토록 깊어지나
하늘과 땅이 맞닿아 한 몸으로 출렁인다

* 하순희 시 「편지」에서 빌려 옴.

팽목항 그래프

첫새벽을 환히 열며 손 흔들던 열일곱이

겹겹이 바람길에 줄을 놓친 나비 뗀가

파도만 제 가슴팍을 시퍼렇게 두들기고

까치발로 팔 뻗으면 이미 반은 딸려 올 걸

우왕좌왕 술렁술렁 사간死諫을 놓치면서

물길을 자로 재는지 헛손질만 어이없다

뱃머리도 가라앉아 가뭇없는 저 하늘만

미안하다, 흩뿌리는 봄비만 하염없이

몇 날을, 추적거리며 곡비처럼 울고 있다.

하현달처럼

더듬이로 가늠하며 한껏 밀고 가는 길에
안개 밭 휘 가르며 저녁 산에 먼저 오른
발치에 드리운 등불 앞서거니 길을 잡네

저를 지핀 그 마음 환하게 밝힌 자리
가시밭길 굽이마다 더운 손 내밀어도
몰랐네, 제 속을 태워 감싸주는 불씨인 줄

강물에 다가서면 에돌아 길을 내고
술에 젖어 상한 날도 거두어준 아늑한 품
내 반생 어둠을 사르고 이지러지네, 저렇듯!

3부
내일도 마지막이니

큰개불알꽃

아지랑이 봄바람이 둥두렷 부풀더니

오래 닫힌 이 마음을 비집고 들어서네

그 이름
화끈도 해라
불이 붙는 내 그린비

내일도 마지막이니

'마지막 세일'이라 항상 붙어 있는
상가 주인 시간을 엿보고 싶은 하루
날마다 마지막이라?
정신이 번쩍, 든다

앞서 간 내 젊음도 저렇게 꺼졌으리
뉘 가슴 지펴놓을 불씨 한 번 못 되다가
얼결에 재고로 남아
헐값에도 무심한

내일을 담보하는 아직 남은 이 온기가
얼마쯤의 희망으로 내게 따라붙는 지금
거울을 들여다보며
립스틱을 바른다

드라저씨*

식구들도 손님들도 편안히 안아주던
푹신한 가죽 소파에 중년 남자 모로 누워
해종일 한마디 없이 리모컨만 눌러댄다

한때의 붉은 홰는 창문마다 힘찼지만
지금은 휴일 아침 늦잠처럼 밀쳐두고
한 번도 울어주지 않는 핸드폰만 여닫는다

삼각관계 막장 불륜 채널을 좇아가다
제풀에 심드렁해 졸다 깨다 가는 하루
철없는 강아지 녀석만 그 옆에서 쭈그린다

* '드라마에 빠진 중년 아저씨'를 뜻하는 신조어.

관수동 낙엽

관수동 골목길로 빈 수레 끌려가네
상가의 등짐 봇짐 실어 내던 김 노인
마침내 끌고 온 길을 휘갑치며 지우네

추루한 진창길을 끌고 밀고 당긴 터에
오토바이 늘찬 배달 겹겹이 진을 치니
떨어져 구르는 낙엽 쓴웃음만 흘리네

한 계절 잎 붙여 온 푸른 발을 누이는가
다시금 빈 가지로 제 몸뚱이 쓸어낼 때
노을은 가만 내려와 굽은 등을 다독이네

치아를 교정하다

에돌아 산 흔적이 어긋난 퍼즐처럼

틀어진 줄기마다 비스듬히 걸린 뿌리

거두어
다시 품는다
담금질의 시작이다

진득하지 못한 마음 제자리 잡아주고

멀어진 꿈자리도 당기고 밀어야지

남은 날
환히 채우며
함박웃음 지어야지

골목 일기

흙먼지 상가 골목 줄을 선 오토바이

더벅머리 젊은 남자 담뱃진에 절어간다

일거리
줄어만 들고
오토바인 늘어나고

바닥난 분유통이 자꾸만 눈에 밟혀

모퉁이에 동동걸음 차례를 헤아린다

때맞춰
잘도 터지는
카드 연체, 독촉 전화

꽃빛 만발

병원에 모셔놓고 장롱 서랍 열어보니
시큰한 눈물처럼 대장엄 사리밭처럼
울 엄니 베잠방이에 살구꽃이 만발했다

줄줄이 딸만 다섯 첫 봉급 받아 들고
젤 먼저 사다 드린 울 엄니 삼각 빤쓰
장롱 속 깊은 곳에다 꽃밭을 만드셨다

꽃샘잎샘 이겨내고 햇살 환한 봄날에도
가슴속에 깊이 묻고 꾹꾹 쟁여 숨겨왔을
아직도 뜯지 못한 울혈, 꽃빛으로 환하다

민들레 주소

도시계획 설계도엔 내 번지가 지워졌다
아파트 모퉁이로 햇살마저 비켜 가지만
얼붙은 가슴을 열어
봄의 집을 기다린다

이 겨울 돌아보는 들녘은 캄캄한데
무겁게 뜬 눈으로 나를 또 찾는 지금
비 젖은 신호등인가
날 새운 새벽달인가

만 리 길 구름 밖을 바람처럼 돌아와서
온종일 봉두난발, 빗질하듯 비가 온다
실 같은 한 가닥 꿈을
풀대로 부풀리며

부라더 미싱

쉼 없는 박음질로 달달달 달래던 밤
울 오메 해진 적삼 눈물보만 덧대더니
고장 난 한 덩이 몸으로 구석에 밀쳐 있네

공납금 내지 못해 변소 청소 도맡았지
내일이면 끝나려니 오일장만 손꼽았지
방바닥 실밥 뭉치만 내 맘처럼 어지럽던

행여나 그 원망이 북실처럼 따라올까
오메도 묻지 않고 나 또한 입을 닫고
촘촘히 박음질로 꿰맨 열여섯의 풍경 저쪽

회자膾炙
−고등어를 말하다

내장을 다 버리고 또 추려서 도려놓고
왕소금 한 주먹을 가슴 가득 품어내면
실팍한 살품이라며 쓰다듬어 안아줄까

시퍼런 불의 혀를 온몸으로 받아가며
바닷빛 푸른 등살 지지지 녹여내면
마지막 등뼈마저도 축원으로 휘어지고

노릇노릇 사루어진 한 마리 열반이여
내생으로 귀의하는 온전한 공양이여
밀교 속 어라연꽃이 비린내로 피어난다

운동화를 빨며

기우뚱한 발자국에 한쪽으로 기운 뒷굽

그 상처 긴 시간이 발바닥에 어룽진다

등짐은 또 얼마였던가 버거운 생을 읽네

온몸으로 실어 온 꿈 하나둘, 터진 실밥

쑥물 든 너의 등도 나를 닮아 휘었구나

속 깊이 저며낸 흔적 땀땀이 아려온다

생존에 턱을 걸고 헤매었던 잿빛 도심

발맘발맘 험한 길을 남루로 누볐으니

이제는 햇살 가득한 꽃길 따라 밟아보련

장날

꿈결에도 벼리고 삭혀 알알이 익힌 감을
가야장날 난전 길에 소담스레 펼쳐놓고
보이소 감 좀 사 가이소 억수 달고 맛있어예

함지박 찬밥 한술 그마저도 건너뛴 채
혀 닳은 하루해가 방어산을 넘어갈 때
발치에 쪼그린 아이 집에 가자 보채댄다

이 발에서 저 발치로 채이고 동그라져
옆구리 터진 감을 제 살 벤 듯 끌어안고
어둑살 난장에 서서 동동대는 울 어머니

단추를 달며

눈을 뜨면 어김없이 거울 앞에 바짝 앉아
반듯한 가르마에 분단장을 끝내고서
헐거워 떨어진 가슴 끈
팽팽하게 당겨본다

흔들리는 중심에는 똬리를 둘러놓고
고여 있는 아픔들을 쟁이듯 다독인다
언젠가 빛날 그 별꽃
눈부실 꿈을 꾸며

밤이면 올실 풀듯 벼린 깃 벗겨내면
내 몸 여기저기 긁혀진 생채기들
날개옷 한 벌을 위해
저리 부복하고 있다

울 엄니 물국시

오일장 모퉁이에
옮겨 앉은 남새밭
닥지닥지 다라이에
내 발길이 멈춰 서도

울 엄니
목청을 높인다
"얼릉 오소 새대기들"

수북이 담아주고
덤까지 얹어주고
떨이까지 잘 팔아야
꾸깃꾸깃 지전 몇 장

물국시
한 사발을 놓고
허리 펴는 저녁놀

4부

감국 향기

11월, 끝자락

내게 손 내밀어 줄
머지않은 그날 위해

또 참고 아껴둔 말
창을 반쯤 열어두니

이렇게 늦어진 가을도
너로 인해 꽉, 찬다

감국 향기

기우는 꽃빛 받아 가실하는 바람 속에

오래 참은 약속처럼 잘 익은 가을 산에

뜨겁게 묻어둔 말이 등성이에 환하다

잡힐 듯 내달리는 저만치 시간을 따라

열일곱 혹은 열여덟, 볼이 붉던 그 시절에

한 번쯤 맡았음 직한 그 내음이 묻어난다

계절을 건너와서 깃을 치는 단풍처럼

내 허물도 벗어놓고 들국화에 들어볼까

달큼한 속살의 향내가 다시 나를 달군다

느티나무 아래

새 운동화 사달라고 고무신 꺾어 신던 날
"이넘에 가스나, 그 섰거라! 게 몬 서나!"
두서너 발걸음이면 잡히고도 남을 거리

짐짓, 가욋길을 벌써 돌아 나오신 듯
아버지 헛기침 소리 동구까지 따라온다
한 번도 내리치지 못한 회초리를 손에 든 채

고달사지 들머리에 너른 평상 놓인 이곳
고향 집 찾아들 때 잠시 앉아 쉬는 그늘
지금도 날 찾는 목소리 고샅길이 쟁쟁하다

손바닥 우물 속

푹 빠졌다, 게임 채팅
어른 아이 할 것 없이

카톡 카톡, 카톡 소리
그 잠행이 뜨겁다

입술은 엿을 물은 듯
눈초리만 바쁘다

빼곡히 들어찬
지하철 출근 시간

저마다 펼쳐 든
엄지와 검지 세상

어깨는 맞대고 가도
우리는 소통 불가

유월 이름

폐허 한쪽 어디쯤에 저 홀로 잠기는 꿈
먼 기억 등불을 켜고 밤 깊도록 편지를 쓴다
육십 년 포로의 시간 여린 잎 다 사르도록

갑사댕기 끝내 풀어 앵지 걸던 먼 사람아
홀씨 풀풀 날던 설움 눈물로 짚어낸다
여름밤 불쏘시개로 그날을 지필 때까지

가시울에 발목 잡혀 아프게 돌아와도
돌부리에 그만 걸려 끝내 닿지 못해도
언젠가 환히 맞잡을 그 손길을 꿈꾸며

동행

영락공원 후미진 곳 낙엽 몇 장 끌어 덮고
겹게 지고 오신 짐을 이제 막 내린 노인
하마도 열지 못했던 속엣말도 풀어놓고

남새밭 시래기도 희나리라 버리더니
노잣돈 몇 푼마저 피붙이가 거둬 갔나
혼자서 오를 길인데 구름마저 희부옇다

영하의 바람 속에 온몸을 내던진 채
얼어붙은 노숙의 꿈 부활의 춤사윈가
하얗게 눈발이 친다, 수천수만 저 나비 떼

잔영

불 꺼도 한사코
아른대는 그림자로

한 달 남짓 머문 자리
초름히 앉아 있다

텅 빈 방
쓸고 나와도
구부정한 아버지

관수동 미스 리

커피 한 잔 팔백 원 주스 한 잔 천오백 원
다락같이 뛰는 물가 앙가슴에 구겨 넣고
냉랭한 종로 골목을 따뜻하게 풀고 있네

한 사람이 한 마디면 열 마디를 툭툭 치는
남정네들 농짓거리 능청으로 받아칠 때
몰랐네, 그 웃음 뒤에 쟁여놓은 눈물 뼈를

막 스물, IMF 시대 느닷없는 소녀 가장
끼니를 챙기겠다고 뛰어든 지 수십 년째
쌈 배추 고갱이 같던 그 얼굴이 간데없네

꽃보살*

거미들이 사방팔방 집을 짓는 지하 방에
다녀간 흔적 없이 홀로 지킨 꽃대 하나
저 촉루髑髏, 환히 맑아서 눈부신 사리구나

살 속으로 보글보글 길을 내는 미물에게
쑥물 밴 생살을 뜯어 주린 배를 채워주고
어둠 끝, 길고 긴 시간 건너느라 얼고 녹고

삭아 내린 이불 한 장 상여인 양 덮어쓰고
한목숨 올린 소지 결연한 살신의 꽃
그 꽃잎, 신열도 끝낸 한 생애가 조요롭다

* 2013년 9월 부산에서 숨진 지 5년이 지난 할머니가 백골로 발견됐다는
《한겨레21》기사를 읽고.

민들레 편지

겹겹이 설운 가슴 조심조심 껴안아도
바람보다 꼿꼿하게 지켜왔던 순결인가
참았던 울음보인가 구름 같은 꽃 한 송이

울컥, 하는 북받침도 꿈이듯 설렙니다
빈한한 내 가슴에 당신 숨결 겨웁던 날
생전에 첫 마음 열어 화답으로 드렸으니

허공에 버티고도 품은 뜻 굽지 않는
그 봄날 숨찬 사랑 내 절망도 깨어나서
외마디 꽃대궁에는 당신만의 꽃일래요

꽃들이 피었다고 다 꽃은 아니옵고
나지막이 피울망정 함부로 피지 않는
당신만 온새미로의 내 향기 받으소서

꽃답

제짝 만나 떠나는 날 나 보듯이 봐주라며
책상 위에 올려주던 캄파눌라 화분 하나
잎이나 돋을 수 있을까 귓등으로 흘렸는데

난 자리 채우려나 달빛까지 불러놓고
웃음소리 떠난 방에 방긋방긋 재롱이네
해종일 이슬 한 모금 물려주지 못했는데

햇살 드는 창가로 제 자리를 옮겨주니
배시시 고개 돌려 눈 맞추는 저 옹알이
다시금 가슴 문질러 다스운 젖 깨워보네

볼라벤* 지난 자리

동태 살 저미다가 손가락을 베었다
믿어온 칼날마저 느닷없이 앵돌아져
무뎌진 주방살이에 뒤통수를 맞았다

샘 바람 잘못 짚어 허청한 날 비웃으며
으르렁 비바람 소리 호령으로 드높더니
한순간 의뭉스럽게 내 자리를 밀친다

넘어지면 밟고 가는 세상사 길모퉁이
지천명 눈으로도 한 치 앞을 가늠 못 해
뜰 안쪽 화초들까지 베인 상처 저리 깊다

* 2012년 15호 태풍.

동창회

산새들 산에 와서 목청껏 노래하듯

초록빛 숲 속이다, 너그러운 품속이다

낯익은 그 얼굴들이 가지마다 걸려 있고

가슴에 품어왔던 나를 꺼내 너를 본다

막사발 넘치는 정리 오고 가는 한나절

뉘 꽃밭 질러서 왔나 빗질한 햇살 속을,

독도

풍랑을 다스리며 해신처럼 홀로 섰나
울컥, 목이 메는 바위섬 묵언수행
억새꽃 생살을 풀어 소지 한 장 올리네

무섭다 외롭다던 내 고독은 사치였다
네 숨찬 노숙까지 물살은 밀어내지만
가파른 불침의 언덕 꿈을 다져 심고 있네

슬며시 담을 넘는 먹구름 비바람도
창검보다 서슬 푸른 형형한 눈빛 하나로
동천이 왜치는 자리에 두 팔 걷어 바투 섰네

5부

일몰에 서서

선거 유세
- 줄타기

보았나, 눈을 감고 애써 웃는 저 너스레

왁자지껄, 소란 속에 비리 본색 감춰지네

다투어, 솟대에 오르려는 철새들의 눈먼 행렬

일몰에 서서

먹이 찾는 어미 새가 온 펄을 죄 뒤지듯

구부려 쪼아 올려 망사리 가득 실은

눈부신
와온臥温 해안이
곡경 후에 보입니다

등에 진 노을로 갯벌을 헤쳐 오는

저 아낙 무릎걸음 밀물이 가득하여

내 시름
사치 같아서
오금이 저립니다

눈 열쇠

하늘을 활짝 열어 산모롱이 돌고 돌다

우리네 타는 시름 보듬어 담뿍 안고

목마른 시간을 달래며 하염없이 내리는 눈

지상을 다 지우고 그 위로 길을 내며

오래 닫힌 마음 문에 열쇠 되어 빛나는 눈

이제야 열리는 안부 소복하게 전해주네

온실 공화국

온실에서 활개 치는 행운목 어린싹이
신도시 쭉쭉 뻗은 빌딩 숲을 닮아간다
스스로 땀 흘린 흔적 어디에도 없구나

무엇이나 할 수 있고 아무 일도 하지 않는
유리벽 저 온실 안 재벌이란 수종들이
땅 짚고 헤엄치는 이야기, 변칙 증여 꽃피운다

대서 大暑

땡볕과 맞선 날을 온몸으로 버텨왔던
아버지 한평생은 논두렁에 박힌 말뚝
흙 속에 동여맨 발목 곧은 뼈로 우뚝했다

모내기 천수답에 물도 끓는 삼복더위
산 개울물 등에 지고 논도랑에 부릴 때면
가뭄에 타들어 가던 아버지의 등줄기여

그 여름 길목들은 시지프스 벼랑이다
내 논에 드는 물길 내 새끼 젖줄인 겨
귓전에 울리던 말씀 하늘 가득 출렁인다.

판자촌 봄비

가난이 죄가 되어 사구처럼 엎드린 채
아스라이 매달려 있는 산 번지 오두막을
누가 와 노크를 하네, 목말랐던 인정이여

바람 새는 천장을 살펴주는 손길이다
마음 닿는 곳마다 하나씩의 기도 되어
육신을, 지친 영혼을, 일으키는 음성이다

덜커덩 마을버스 고갯길을 넘어가고
담장 밑 개밥그릇에 산새 울음 담기면
백목련 어둠을 걷고 등불 하나 켜겠지

허수아비

"퍼렇게 벼린 발톱이 어린아를 낚아채는 숭악한 꿈을 꾸고 온종일 몸 사렸다, 아무리 진저리 쳐도 진대처럼 달라붙어

한나절 떠나지 않는 그 비명의 소름 꽃, 늪인 양 나락인 양 마음걸음 사려놓으며 한마디 농담마저도 탈이 될까 삼갔는데

난데없이 너 어메가 얼음판에 넘어졌다 성한 곳 하나 없이 부러지고 깨졌어도 얼마나 다행인지 모르겠다, 너들한테 탈 없어니……"

등꽃길

물기 없는 바람에도 수없이 흔들리며
천지사방 담은 높고 빗장 걸린 울타리에
나보다 꽃등이 먼저 응혈을 풀고 있다

허공에 몸을 맡겨 비틀고 굽은 가지
맨손으로 감아올린 사투를 말아 쥐고
상긋한 새내기들과 고사장에 들어선 날

어머닌 나가주세요, 밖에서 기다리세요
손사래로 밀어내는 감독의 다그침에
나도예 수험생이라예, 수험표를 들이민다

역류의 물살에서 굽이치고 휘감겨도
애틋한 저 꽃길에 어떻게든 닿고 싶어
내 안에 건너편이었던 그 먼 길 돌아왔어예

또 하나의 봄

얼음판에 눈 덮여도 가슴팍은 뜨거웠다
엄동을 떨며 키운 키 작은 꽃대궁에
시린 손 살빛 언어로 씨줄 날줄 그려왔다

하늘 폭 한가운데 별 하나를 그려놓고
한 켜씩 꿈을 찾아 깁고 또 붙이면서
언젠간 발돋움하여 손잡아 볼 네 이름

허수어미

각중에 업퍼져서 밤중에 실꼬 안 왔나
죽을 고비는 능갔다, 걱정해쌌지 마라
그래도 막죽일랑가 반공일날 댕기가라

절믄 날 오만 바람 다 품었던 너거 아베도
지집 둘 간수하느라 그 창시가 성해껐나
머시마 그기 머시라꼬 아깐 세월 다 보내고

아들 복은 엄써도 죽을 복은 이씰 끼다
삭은 짚불 꺼지드끼 자는 잠에 가뿔모는
에미도 따라부칠란다 당최 길눈 어더봐서

허수어미 2

오지 마래이 안 와도 댄다 그서 여가 오대라꼬
열 번 본들 백 번 본들 내 자슥이 지업겠냐만
올 설엔 연휴도 짧다 카고 차도 억시 밀릴 끼고

너 아베도 몬 올 끼다 되쁜이나 그카면서
참지름 들지름을 뱅뱅들이 딸바놓고
눈 오면 참말 몬 올 끼라고 테레비만 보고 안 있나

한 말을 또 하고 물은 말을 되묻고
두 늘거니 섣달그믐 하룻밤이 일 년인데
우짜다 살풋 든 잠결에 니가 불쑥 왔더라

밥 줘

휴일 아침 이불 속은 언제나 비몽사몽
요런 날은 누가 좀 유괴라도 해준다면
양수리 그 토굴 찻집 끝 방이면 더 좋고

나를 업고 달려주렴 들을 지나 강을 건너
자욱이 깔려 있는 안개 포연을 다 헤치고
그 찻집 어둑한 문지방 조심스레 넘는 찰나,

현장을 잡아채듯 이불을 걷어 젖히고
아니, 시방이 몇 시여! 밥 안 줘? 밥!

에이그 저 평생 웬쑤
그래 밥, 준다 줘!

개민들레

이 땅에서 피고 져도 너는 항상 이방인
튼튼한 곁가지도 낯설게만 느껴지고
이웃집 노크 소리에도 가슴이 철렁한다

대여섯 예쁜 수니 서러움도 그럴 것이
불법체류 부모에게 물려받은 터전이라
언제쯤 마음 편하게 생을 환히 피워볼까

더 이상 물러날 곳도 다가설 곳도 없는
길이 아닌 길 위에서 숨죽이는 이 순간도
한 뼘씩 커가는 꽃대궁, 그 뿌리는 힘이 세다

촛불

심장에 불을 댕겨 당신께로 갈랍니다
시퍼렇게 이는 바람 날 창같이 흔들어도
단 한 번 태운 불길은 자꾸만 커집니다

당신 곁에 남기 위해 내 몸을 깎습니다
살 몸을 태워 올려 넋을 푸는 처녀성을
네 속에 하얗게 녹여 온전히 바칩니다

당신 안에 이르러 나는 재가 될랍니다
싸늘하게 사윈 자리 토실한 햇살 받아
기어이 나를 지우고 우리로만 살랍니다

앉은뱅이꽃

비바람 눈보라에
눈 못 뜨고 짓밟혀도

죽어도 변치 않을
희고 노란 몸 빛깔

후, 하고
불어주세요
당신께로 갈게요

초록 갈채

−우리 딸, 사위에게

아주 작은 인연으로 너희가 만났으나
유월, 기쁜 오늘 푸른 숲을 이뤘구나
바람도 축하의 몸짓, 꽃구름도 갸웃갸웃,

품에 안아 젖 먹이고 어르고 달래가며
그렇게 키운 시절 엊그제만 같은데
연리지 나무가 되어 세상 숲에 환하구나

오롯한 너희 둥지 청대밭 그 향기가
빗질하는 저 볕살의 애오라지 사랑으로
내딛는 발걸음마다 넉넉하게 넘치거라

마주친 눈빛으로 싹을 틔운 꽃씨처럼
촛불 켜는 이 손길에 꽃등을 달아볼까
첫 마음 초록 갈채가 하늘 높이 물들도록

세상일은 흔들림이 언제나 따르는 법

서로에게 내준 어깨 서로에게 열어논 귀
한시도 잊지 않기를 잡은 두 손 꼭, 쥐기를

'민들레' 시학, 희망의 날개를 펴다

정미숙 **문학평론가**

1. '생명'을 위한 전언

시인 이남순의 시는 비정한 세상에서 힘겹게 생명을 부여 안고 사는 사람들에 대한 각별한 애정으로 가득하다. '개민들레' '굼벵이' '독거노인' '고독사한 꽃보살' '미스 리' '실직한 남자' '한센인' '날개 잃은 직박구리' 등에 이르기까지 시인은 변두리의 사물과 가난하고 소외된 이웃의 삶을 주목한다. 많은 시인들이 타자에 대한 관심을 시로 표현하고 있긴하나 시인의 경우처럼 시집 전반을 통하여 구체적인 현실 속의 이웃을 탐색하며 사랑과 희망의 전언을 나누고자 매진하는 이는 드물다. 사람과 사물, 이곳과 저곳의 구분과 경계를 두지 않는 그녀의 시야는 '이웃'과 함께하는 외부의 '생명' 전체로 확장된다. '장章/場'을 염두에 두지 않고 흐르는, 타자를 향한 시인의 뜨거운 관심은 분명하고 지속적인 입장으로 표출된다.

막 스물, IMF 시대 느닷없는 소녀 가장 / 끼니를 챙기겠다고 뛰어든 지 수십 년째 / 쌈 배추 고갱이 같던 그 얼굴이 간데없네
  ―「관수동 미스 리」부분

무수한 헛말들이 쏟아지는 수도 서울 / 언젠가 저 부리로 세상 말을 흉내 내며 / 잿빛도 하늘 꿈이라 새벽길 열었을 법
  ―「직박구리」부분

바람도 이쯤에선 보폭을 줄이는데 // 더 높이 서기 위해 앞만 보고 달려가는 // 지상엔 청맹과니뿐 눈총들만 비켜 갈 뿐
  ―「애벌레 납시다」부분

위의 시편은 별 기준을 두지 않고 고른 것인데, 시인의 이웃에 대한 치우치지 않는 관심과 애정을 엿볼 수 있게 한다. "미스 리"(「관수동 미스 리」)는 당장의 끼니와 생계를 위해 소녀 가장으로 현실에 뛰어든 것인데, 삶은 나아질 기미 없이 흐르고 그녀는 늙어간다. "냉랭한 종로 골목"에서 "커피 한 잔 팔백 원 주스 한 잔 천오백 원"에 팔며 사는 그녀의 고단함은 비단 육체노동에 그치지 않는다. 사람마다 다른 입맛의 주문 타박과 "남정네들 농짓거리"를 여유와 능청으로 받아내는 감정노동을 덧보태야 겨우 생계를 이어갈 수 있다. 시인은 "미스 리"의 웃음 뒤에 "쟁여놓은 눈물 뼈"와 이 낯선 도시로 오기 전 소녀의 "쌈 배추 고갱이 같던" 본디 얼굴 빛깔을 기억하고자 한다.

「직박구리」에서 "부러진 날갯죽지"와 "뼈 없는 깃"을 지닌 "직박구리"는 더 이상 '새'가 아니다. 정이월 칼바람 부는 역 광장 한 모퉁이, 버린 박스 둥지에 버려진 "직박구리"는 무엇인가. 화자는 날개가 꺾이고 말을 잃은 "직박구리"를 짐짓 "벙어리 맹수"라 불러보지만, 사실 '집 밖으로' 추방된 '벌거벗은 생명'에 불과하다. 한때는 그도 '서울'에 사는 것을 위안 삼으며 중심의 권력층이 쏟아내는 "무수한 헛말"인 세상 말을 흉내 내며 타락한 세상을 견뎌낼 수 있을 것이라 믿었을 것이다. 잿빛 하늘을 꿈이라 생각하며 새벽길을 달렸을 법도 하나, 이 모두는 환영幻影에 불과했고 '잿빛 꿈'은 무거운 회한으로 남는다.

「애벌레 납시다」의 '그'는 생존을 위한 필수 조건인 튼실한 몸도 갖추지 못한 장애인이다. 사람들은 '그'에게 시선조차 건네지 않는다. '그들'은 '그'의 존재를 못 본 듯 빠른 걸음으로 지나친다. "바람도 이쯤에선 보폭을 줄이는데 // 더 높이 서기 위해 앞만 보고 달려가는 // 지상엔 청맹과니뿐 눈총들만 비켜 갈 뿐"이라는 구절에서 화자는 사람들과 "바람"(자연의 순리 혹은 인지상정)의 사뭇 다른 양태를 대비적으로 제시하며 비정한 현실을 환기한다.

시인은 장애인, 노숙자, 한센병자, 실직자, 외국인 이주 노동자, 그리고 고독사한 노인에게 지속적인 관심을 던진다. 이러한 타자들을 통해 그녀는 이 세상의 요구에 부응하지 못해 추방될 수 있는, 또 다른 타자들인 너와 나의 모습을 되비추려 한다. 지하철 계단 어둔 곳에 엎드려 "애벌레"로 호명되는 '그'는 아감벤이 설파한 '호모 사케르'Homo Sacer, '벌거벗은 생명'과 다를 바 없다. '벌거벗은–신성한'을 모두 의미하는 호모 사케르의 개념은 우리 모두가 신성한 의미를 박탈당하여 일시에 벌거벗겨져 한순간에 내쳐질 위태로운 운명에 처

해질 수 있음을 경고한다. 이남순이 호출한 이웃은 곧 불안
한 우리들의 모습이기도 하다. 시인은 변화하는 세상 속 위
기를 더디고 힘드나 모두 함께 손잡고 건너기를 희망한다.

전 세계적으로 경제적 위기를 겪고 있는 현실에서 누구도
자신의 미래를 낙관할 수 없다. 한 치 앞을 예상할 수 없다는
사실은 우리를 불안과 공포로 내몬다. 경쟁은 더욱 치열해지
고 삶은 가파르기만 하다. 독거노인의 골방, 지하철 계단, 요
양병원, 술집을 휘돌아 두루 살피면서 그들에게서 우리 시대
의 '호모 사케르'를 읽는 화자의 시선은 젖어 있으나 쓸쓸하
지 않다. 불안의 "눈총"을 품어 다독이며 생명의 '은총'으로
되받아 퍼뜨리고 싶은 이남순 특유의 담대하고 쾌활한 내공
이 작동하는 까닭이다. 시인은 노란 "민들레"를 부적 삼아 우
울과 공포로 가득한 잿빛 현실을 맑은 채도의 노랑 빛깔 희
망으로 읽어내려고 한다.

비바람 눈보라에
눈 못 뜨고 짓밟혀도

죽어도 변치 않을
희고 노란 몸 빛깔

후, 하고

불어주세요

당신께로 갈게요

　　─「앉은뱅이꽃」 전문

　이남순은 "민들레" 시인이다. "앉은뱅이꽃"이라 불리기도 하는 '민들레꽃'은 잘 보이지 않는 낮은 곳에 있으나, 때 되면 피어나 그 홀씨를 사방으로 날리는 희망의 표상이다. 비바람에 눈 못 뜨고 시달렸지만 죽어도 변치 않을 "희고 노란 몸 빛깔"을 잃지 않는 "민들레"에게 세상의 시간은 차고 오를 수 있는 일상이다. 그리움이 깊어 몸과 마음이 부풀어 오를 때 바람을 만나 어우러지면 서슴없이 몸을 띄워 정인에게로 달려갈 수 있는 "민들레"는 시인이 지향하는 소통의 매개이다. 이처럼 시인이 지향하는 생명의 빛은 자신의 기반에 노예처럼 묶여 있는 것이 아니라 자신의 무게를 줄이며 전력을 다해 타자를 향해, 타자를 위해 날아갈 수 있는 따뜻한 여유에서 발현된다. 싱그러운 노란 민들레에게서 "쌈 배추 고갱이" 같은 "미스 리"의 본디 얼굴 빛깔이 겹치는 까닭은 우연의 일치만은 아닐 것이다. 삶에 대한 흔쾌한 긍정과 그 순정을 지키기 위한 시적 표상인 "민들레"는 단아한 기품으로 빛난다.

이 땅에서 피고 져도 너는 항상 이방인
튼튼한 곁가지도 낯설게만 느껴지고
이웃집 노크 소리에도 가슴이 철렁한다

대여섯 예쁜 수니 서러움도 그럴 것이
불법체류 부모에게 물려받은 터전이라
언제쯤 마음 편하게 생을 환히 피워볼까

더 이상 물러날 곳도 다가설 곳도 없는
길이 아닌 길 위에서 숨죽이는 이 순간도
한 뼘씩 커가는 꽃대궁, 그 뿌리는 힘이 세다
－「개민들레」전문

도시계획 설계도엔 내 번지가 지워졌다
아파트 모퉁이로 햇살마저 비켜 가지만
얼붙은 가슴을 열어
봄의 집을 기다린다

이 겨울 돌아보는 들녘은 캄캄한데
무겁게 뜬 눈으로 나를 또 찾는 지금

비 젖은 신호등인가
날 새운 새벽달인가

만 리 길 구름 밖을 바람처럼 돌아와서
온종일 봉두난발, 빗질하듯 비가 온다
실 같은 한 가닥 꿈을
풀대로 부풀리며
─「민들레 주소」전문

두 편의 시 「개민들레」와 「민들레 주소」는 시인의 범속한
트임을 선명하게 드러낸다. "개민들레"는 이국종이다. 지금
이곳에 뿌리내리며 살아가고 있으나 여전히 그들을 보는 시
선은 차갑다. 이방인인 "개민들레"와 "불법체류"하는 "예쁜
수니"는 같은 처지이나, 그들은 결코 나약하지 않다. "더 이
상 물러날 곳도 다가설 곳도 없는 / 길이 아닌 길 위에서 숨죽
이는 이 순간도 / 한 뼘씩 커가는 꽃대궁, 그 뿌리는 힘이 세
다"와 같은 구절에서 밟아도 다시 차오르는 '뿌리의 힘'은 토
종과 이국종을 가리지 않는다. 시인은 야성의 범속함, 뿌리
의 진중한 내공에 바탕을 둔 소박한 진정성에 응원과 신뢰를
보낸다. 시인의 냉철한 현실 인식은 「민들레 주소」에서 다시

빛난다. 화자는 '환금성'과 '수익성'의 상품인 "아파트" 건설을 위해 "민들레 주소"가 깡그리 밀려 사라지고 있음을 안다. 설령 한 귀퉁이에 연명할 수 있다 하더라도 "민들레"에게 넉넉히 돌아갈 햇살의 여지는 없다. 화자는 쉽게 잠들지 못한다. "얼붙은 가슴" '캄캄한 들녘' "비 젖은 신호등" "날 새운 새벽달"은 무섭게 변해가는 자본시장의 흐름에 밀려 주변으로 내몰리게 된 번지 잃은 자들의 불면의 고통을 증거한다. 현실은 절망적이다. 비 내리는 겨울 들녘은 그 자체로 차갑고 캄캄한 현실이다. 그래도 "실 같은 한 가닥 꿈을 / 풀대로 부풀리며" 다시 찬란한 봄을 기다리며 그들이 한데 어우러져 언 몸을 녹일 "봄의 집"에 대한 기다림을 포기하지 않는다.

"민들레"의 미래이자 그들의 지평으로 떠오른 "봄의 집"은 예사롭지 않은 상징성을 갖는다. 더 이상 물러날 곳도 다가설 곳도 없다는 지금 이곳에서의 분명한 자각과 행동을 수행하게 하는 것이다. 이국 / 자국, 도시 / 농촌, 너 / 나를 구분하거나 나누지 않는 유연한 트임 속에서 더불어 지켜내어야 할 우리들의 집, 둥지 건설을 천명하고 있다. "봄의 집"은 변화하는 세상의 흐름을 읽은 이후 발견한 곳으로 악착같이 짓고 안착하여야 하는 '장소'이다. 생존마저 위협받는 녹록하지 않은 현실에서 꿈꾼다는 것은 거의 불가능한 일이다. 그

럼에도 불구하고 삶이 지속되는 한 꿈과 함께하려는 의지는
맹렬하다.

　　낡은 구두끈을
　　지질러 밟으면서

　　오늘 술값 내가 낸다고,
　　친구 등을 밀쳐내는

　　대폿집 계산대 앞에서
　　큰소리치는 남자

　　얄팍한 봉투 속 돈
　　낱장으로 세어주며

　　실직 후 처음으로
　　술빚 한 번 갚았다고

　　환하게 웃는 저 남자
　　귓갓길을 굽어보는,

–「가로등 일기」 전문

여전히 현실은 막막하다. 「가로등 일기」의 "남자"는 지그
문트 바우만식으로 표현하면 구조조정 된 '잉여인간' 혹은
'쓰레기'이다. 더불어 살 공간이 좁다는 구조적 폭력은 정리
해고된 사람들을 거리로 내몰며 세상을 쓰레기 하치장으로
만든다. 이는 사람들의 생존 방식과 수단을 경쟁 일변도로
바꿔놓았다. 정당하지도 옳지도 않은 폭력이다. 여지는 만들
면 되는 것이고 나누면 자리가 생기는 것이다. 물론 누구도
물질적 조건의 강제에서 해방될 수는 없다. 다만 무자비한
현실을 보다 담대하게 직시하고 자유롭게 사유할 수 있는 것
이 우선 요긴해 보인다. 시인은 이 작은 차이를 놓치지 않는
다. 아이러니하게도 "남자"는 실직 후 술빚을 갚았다고 환하
게 웃는다. 진정한 상실은 물질이 아니고 꿈의 좌절이고 본
성의 퇴색이며 삶의 여유 혹은 품위를 잃는 것임을 경계한
다. 민중의 은밀한 승리를 염원하는 시인은 끈질기게 그리고
따뜻하게 '삶–희망'을 굽어보며, 집을 맞는 환한 길을 모색
하려 한다.

2 옛집, 그 탯줄의 여정

긴 오월, 신열 피듯 찔레꽃 지천이다
저 꽃잎 떨어져야 깜부기라도 털 터인데

어무이,
오시는 길에
찔레꽃도 안 피었등교?

발목마다 향기 놓는 바람꽃 변주에도
떠밀려 오셨는지 흙투성이 외할머니

울 엄마
빈 솥을 닫고
저녁연기 피우신다.
－「늦봄」전문

 애잔한 「늦봄」은 우리의 오랜 춘궁기인 보릿고개를 떠올
리게 한다. "신열 피듯" 피어나는 오월의 찔레꽃은 배고픔이
다. 가난한 시절, 딸 집을 방문한 "흙투성이 외할머니"를 "울

엄마"는 달려가 맞질 못한다. 대신 "어무이, / 오시는 길에 / 찔레꽃도 안 피었등교?"라며 고단한 살림을 넌지시 알릴 뿐이다. "발목마다 향기 놓는 바람꽃 변주에도 / 떠밀려 오셨는지 흙투성이 외할머니"에서 "떠밀려"라는 시어가 마음을 끌어 잡는다. 우선 짐작할 수 있는 것은 외할머니의 가냘픈 몸피이다. 동시에 당신의 손에 야윈 몸의 균형을 잡아줄 어떠한 물건이나 보자기 등도 들려 있지 않았을 것이란 짐작이 가능하다. 그렇다면 빤한 형편에 반기지 못할 가난한 딸 집을 '떠밀리듯' 찾게 한 동력은 무엇일까. 배고픔보다 절절한 딸의 안부, 연연한 그리움의 정이 아니었을까. 하여 마지막 연은 더욱 가슴을 먹먹하게 한다. 대접할 음식이 남아 있지도 않은 빈 솥을 하릴없이 여닫는 당신의 딸은 헛헛한 마음을 추스르며 저녁연기를 재촉할 뿐이다. 이른 저녁연기는 배고픔을 쫓는 의식인가, 아니면 잠을 쫓는 묘약이 될 수 있을까.

이남순의 끈질긴 공동체 의식의 근원은 가족에서 생성되며 그 바탕 자리에 "어머니"가 있다. "어머니"는 시인이 가족을 넘어 이웃, 생명이 깃든 모든 것에 사랑과 연민을 알게 하는 원형이다. 다양하게 변주되는 어머니 모습은 먼저 노동하는 여성으로 나타난다. 시인의 어머니는 시집와서 딸만 다섯을 낳았다. 밖으로 겉도는 듯한 무심한 남편의 빈자리를 채우며 자식을 건사하고 양육하기 위해서 당신은 일거리를 손에서 놓지 않았다. 몸이 불편한 자, 집 떠나 길을 잃은 자, 구조조정에 내몰려 막막한 현실을 사는 자들에 대한 시인의 절절한 이해는 많은 자식을 끌어안고 팍팍한 삶을 넘고자 악착같았던 어머니의 땀과 눈물에서 학습된 것이라 할 수 있다.

열무 고추 호박 가지 풋내음 물씬 나는
때 절은 앞 전대에 꾸깃꾸깃 하루 장사
어둑한 시장 모퉁이
웅크린 채 세고 있다

배춧잎 서너 장에 시래기도 열댓 장
찢어진 놈 풀 바르고 구겨진 놈 주름 펴서
장판 밑 정히 모시고
금줄 치신 울 어머니

불 꺼진 병실에서 그때인 듯 세고 있다
아무리 세어봐도 주름 펼 날 없는 세월
몇 장場을 더 건너가야
웃음 한 잎 손에 쥘까

−「주름 지폐」 전문

「주름 지폐」의 "어머니"는 생활력이 강한 여성이다. "찢어진 놈 풀 바르고 구겨진 놈 주름 펴서 / 장판 밑 정히 모시고 / 금줄 치신 울 어머니"라는 구절이 말하듯이 당신은 신성한 노동의 대가인 '돈'을 정결하게 다룬다. 당신의 돈이 마른논에 물 들어가듯 소용되는 여러 자식들의 자양분임을 잘 아는 까닭이다. 이제 늙고 병든 당신은 병실에서 홀로 돌아앉아 그 옛날처럼 돈을 세고 있다. 기도하듯 절실하게 주름 펴고, 모시고 금줄을 치듯 고이 챙기는 까닭은 "어머니", 당신의 노년의 삶을 단정히 펴는 것이리라. 병실에서 병원비를 헤아리는 어머니 손끝은 자식들의 부담을 덜어내려는 수작업으로 분주하다. 이처럼 어머니는 강건하고 주체적인 여성이다. 또한 남편의 허물을 안고 가는 넉넉한 '사랑'이다. 여기에 「허수어미」는 어머니의 생생한 육성을 그대로 담아 한 편의 시로 엮어놓은 듯하며, 우리의 가슴을 적신다.

각중에 업퍼져서 밤중에 실꼬 안 왔나
죽을 고비는 능갔다, 걱정해쌌지 마라
그래도 막죽일랑가 반공일날 댕기가라

108

절믄 날 오만 바람 다 품었던 너거 아베도
지집 둘 간수하느라 그 창시가 성해겠나
머시마 그기 머시라꼬 아깐 세월 다 보내고

아들 복은 엄써도 죽을 복은 이씰 끼다
삭은 짚불 꺼지드끼 자는 잠에 가뿔모는
에미도 따라부칠란다 당최 길눈 어더봐서
　　　　　　　　　　－「허수어미」 전문

　늙은 지아비에 대한 지어미의 곡진한 사랑을 이토록 담담
하게 드러내고 있는, 투박하고 튼실하게 잘 빚은 한 편의 연
가戀歌를 대하기란 쉽지 않은 일이다. "허수아비"도 갖지 못
한 채 홀로 가혹한 시간을 견딘 "허수어미"의 생생한 육성은
우리의 상식적 발상을 전복한다. "허수어미"인 "에미"가 아들
을 생산하지 못하자 젊은 시절 아버지는 그런 어머니를 두고
밖으로 겉돌며 어머니의 속을 태운다. 이제, 늙어 죽음의 그
림자가 어른거리는 남편의 시간 앞에 어머니는 "삭은 짚불
꺼지드끼 자는 잠에 가뿔모는" 자신도 그의 뒤를 서슴없이
"따라부칠란다"고 선언한다. 어머니의 깊이를 제대로 헤아
리기는 어렵다. 다만, 한순간도 남편과 자식, 가정에서 자신

의 시선을 놓지 않았던 어머니의 순정을 짐작할 뿐이다. "절
믄 날 오만 바람 다 품었던 너거 아베도 / 지집 둘 간수하느라
그 창시가 성해겠나 / 머시마 그기 머시라꼬 아깐 세월 다 보
내고"라는 진술에 담긴 어머니의 말은 되새겨볼 만하다. "지
집 둘 간수"했다는 표현에서 알 수 있는바 젊은 시절의 아버
지는 당신의 여자에 대한 남다른 소유욕과 집착을 가진 맹렬
한 '남성'이었으리라 짐작된다. 조강지처인 어머니에 대해서
도, 정인인 여성에 대해서도 애정의 고삐를 늦추는 법이 없
었던 유능하고 엽렵했던 그가 이제 다음 시간을 기약하지 못
하는 무력한 영감으로 누워 있다. 어머니는 "머시마 그기 머
시라꼬"라는 진술에 자신의 마음을 담아 지난 시간과 화해
하며 단절의 선을 긋는다. 일차적으로 "머시마 그기 머시라
꼬"는 남편을 향한 말 건넴이라 생각된다. '아들을 얻으려
는' 방황이었을까. '젊은 날 오만 바람 다 품었던' 남편의 "머
시마"의 '그것'인 욕망을 이해하며 접고자 한다. 또 하나 "머
시마 그기 머시라꼬"는 어머니 당신을 향한 스스로의 다독임
으로도 닿는다. "머시마", 즉 남편과 아들에 치우친 당신의
지난 시간을 거두며 가볍고 선선하게 남편과 함께 죽음의 복
을 누리기를 원한다. 회한에 찬 그 순간들을 다독이며 화해
의 손길을 스스로에게 내미는 것은 이제 남은 시간을 굳건한

두 사람의 알뜰한 시간으로 삼으려는 다짐이리라.

"어머니"의 곡진한 사랑을 이해하기란 쉽지 않다. 보기에
따라서 어머니의 삶에서 소외와 애환을 먼저 읽을 수도 있을
것이다. 그러나 "어머니"의 모습은 간단하지 않다. 그녀는 어
머니이기 전에 한 남자의 지어미였고 지어미 이전에 여자라
는 점을 분명히 알고 평생을 그 사이에서 균형을 잡아 당신
의 자리를 지킨 지혜로운 여성이다. 섣부른 원망과 대립보다
는 기다림과 이해로 남편을 받들고 사랑한 어머니는 동시에
그 사랑으로 거뜬하게 자식과 가정을 지켜내었고 다시, 사랑
을 쟁취한 승리자가 아닌가. 어머니의 넓은 품은 자식들에게
"아버지"를 바로 읽고 이해하게 하는 행운의 선물이다. 아버
지의 모습은 엄격하고(「느티나무 아래」) 자애롭고(「민들레」)
한없이 가여운 존재(「입동立冬」)로 다양한 모습이나, 시인에
겐 애절한 그리움으로 응결된다.

언제 와 계셨을까 빛 기운 틈 사이로

여린 바람 스쳐가도 와르르 무너질 듯

저 백발, 우표도 없이 만 리 길을 오셨네

몇 밤을 꼬박 샜을 가이없는 걱정아비

얼마나 꾹꾹 눌러 침 발라 쓰셨는지

안 봐도 다 비쳐 뵈는 아버지의 속마음

편지지 뒷면까지 뚜렷하게 박혀 있는

열일곱 집 떠나서 처음 받은 삐뚤 글씨

짤막한 안부 편지를 그날인 듯 다시 읽네
　　　　　　　　　　　　　　　　－「민들레」 전문

　「민들레」에서 회색빛 깃털 닮은 "민들레"의 꽃술을 아버
지의 백발에 등치한 시인의 신선한 발상은, 진력으로 비상하
며 산화散花한 민들레의 의지와 힘겹게 "침 발라" 쓴 아버지
의 "편지"를 하나로 잇는다. 저 멀리 날아올라 흩어진 생명의
전언인 "민들레"의 홀씨는 아버지의 정성을 깊이 깨닫게 하
는 매개이다. "열일곱 집 떠나서 처음 받은 삐뚤 글씨"인 아

버지의 편지를 이제, "그날인 듯 다시 읽"는 딸의 시간은 무엇인가. 집 떠난 딸을 그리며 정성으로 편지를 쓰던 아버지의 애틋한 심정을 깊이 깨닫는 순간은 당신의 딸이 다시 내리사랑을 실천하는 시간일 것이다. 이는 단내 품은 습기인 아버지의 말라버린 "침"을 눈물로 데우며 맞이하는 순간이 아닐까. 이남순 시조의 격조는 이처럼 시간을 두고 새롭게 깨닫게 되는 인간관계의 진면목에서 선명하게 드러난다. 대비적인 듯 경이로운 시 세계는 '나'의 외로움에서 '너'의 이해에 이르는 뜨거운 전이의 과정에서 발생한다. 아프고 시린 각성의 시간 끝에 진정한 사랑, 연민의 자리가 마련되는 까닭이다. 이런 대비적 길항작용이 이남순 시의 미적 성취를 가능하게 한다.

　SNS로 대변되는 디지털 미디어 세상에서 공개된 '메일'은 일 대 다의 인간관계 속 과시적이며 표피적인 친근감을 드러내는 소통 체계이다. 이와 달리 '편지'는 아날로그적 감성의 은밀한 매개로 친밀하고 끈끈한 정서적 유대를 가능하게 한다. 열일곱에 처음 받은 편지는 아버지의 사랑, 그 순정의 깊이를 이해하는 데에 부족함이 없다. 하여 시인은 핸드폰의 세계(「손바닥 우물 속」)에 빠져 있는 그들만의 세상에 대한 불편한 심정을 감추지 않는다. '접속'과 '차단'이라는 두 가지

활동에 의해 생성되고 유지되는 세상과의 간단한 접촉 방식. 아주 편리하고 간단하게 친구를 맺어 접속하거나 맞지 않으면 바로 '차단'으로 관계를 삭제해버릴 수 있는 세상은 시적 화자가 일찍이 경계한 일방적이고 편의적인 세속의 논리일 뿐이다.

억척 어멈의 강한 생명력과 담대한 넓은 품, 그리고 어떤 경우에도 자식에 대한 집요한 사랑을 철회하지 않은 아버지의 그늘은 '진정성'에 대한 한 소신으로 깊게 남아 시인이 염원하는 공동체의 필수 조건인 '안정'과 '신뢰'에 대한 분명한 기준으로 새겨진다. 어떠한 고통 속에서도 함께하며 믿음을 갖고 지켜내어야 하는 공동체를 향한 결속은 세상의 기만과 허위를 일시에 깨부수는 원동력으로 가동된다.

3. 세상의 길, 시인의 길

땅바닥에 배 붙이고 얌전히도 잠들었다
태엽이 풀렸는가 더 이상은 짖질 않네
추스를 필요도 없는 착각 속의 꿈이었나

없는 강도 만들어서 다리를 놓겠다며
느티나무 등걸에서 매미처럼 왁자지껄
혀끝을 날름거리며 완강히도 타전하던

게거품 그 공약은 철새같이 가뭇없고
높디높은 담장이라 모르쇠로 일관하다
꿀 먹은 벙어리마냥 능청스레 잠들었네
　　　　　　　　　　　－「강아지 인형」 전문

　타자에 대한 참을 수 없는 연민과 진정한 공동체에 대한
분명한 지표를 가늠하고 있는 시인은 이제, 그 열망을 구체
적 삶의 장에서 실현하길 원한다. 이는 현실을 우회하지 않
고 직시하며 그 교정 의지를 내보이는 날카로운 '풍자'로 드
러난다. 시인의 옹골찬 진면목을 유감없이 보여주고 있는
「강아지 인형」을 필두로 이어지는 강렬한 풍자시들은 시인
의 정체와 소신을 분명하게 드러낸다는 점에서 이후 시인의
행보를 예감하게 한다.
　알듯이, 정치인들은 선거철에만 국민의 종복從僕임을 자
처한다. 고개 숙여 악수를 청하며 나라 사랑, 지역 사랑을 약
속하나 공약公約은 공약空約일 뿐, 선거철 끝나고 "높디높은

담장"에 입성해버리면 가뭇없이 조용하다. 인용 시의 화자는
매미처럼 왁자하다 입을 다문 그들을 태엽 풀린 "강아지 인
형"이라 일갈한다. "없는 강도 만들어서 다리를 놓겠다며"
타전하던 그들은 사실 '있는 강도'들인지라 유유자적 "게거
품" 공약마저 날름 훔친 후, 시침 뚝 점잖은 양 말이 없다. 직
무유기, 무사안일, 양심불량인 그들이 다스리는 세상이기에
'세월호의 비극'은 예견된 것이리라. 시인은 부조리한 현실
을 진단하기 위해 '말'에 대한 벼린 촉수를 내려놓지 못한다.
무수한 헛말, 세상 말(「직박구리」)에 대한 환멸, 배려 없는 주
문 타박(「관수동 미스 리」)의 비정, 피상적인 소통의 현주소에
대한 경계(「손바닥 우물 속」)를 넘어, "편지"(「민들레」)의 진정
에 이르기까지 각박한 현실을 증거하고 이를 넘어설 방법을
진정한 말의 힘에서 찾고자 함을 알 수 있다. 말의 정수를 통
해 현실과 인간에 닿으려는 시인은, 올곧은 자의식에서 자유
로울 수 없고 내내 시인의 운명을 살고 실천하고자 한다.

　　　온실에서 활개 치는 행운목 어린싹이
　　　신도시 쭉쭉 뻗은 빌딩 숲을 닮아간다
　　　스스로 땀 흘린 흔적 어디에도 없구나

무엇이나 할 수 있고 아무 일도 하지 않는
유리벽 저 온실 안 재벌이란 수종들이
땅 짚고 헤엄치는 이야기, 변칙 증여 꽃피운다
—「온실 공화국」전문

우리나라를 일컬어 '서울 공화국', '아파트 공화국'이라 부르곤 하는데 국내외의 합의된 명칭이다. 이는 국가 주도의 근대적 압축 성장의 기형적 결과를 단적으로 드러내는 명명이다. 그 위에 시인은 「온실 공화국」에서 '온실 공화국'이란 이름을 더 추가한다. 기형적 경제개발의 수혜자를 찾아 세운 것이다. 「온실 공화국」은 탁월한 풍자시로 손색이 없다. 지역 불균형의 경제개발은 지역, 계층, 계급의 분열을 심화시키며 그 혼돈의 과정을 거친 수혜는 권력과 정보를 쥐고 있던 가진 자, '있는 강도' 그들의 몫으로 돌아갔다. 부동산 투기, 세금 탈루, 재산 도피 등으로 "쭉쭉 뻗은 빌딩 숲"을 닮은 그들의 번영은 "변칙 증여"로 꽃을 피운다. 두려운 것은 이 현실을 책임질 진범이 보이지 않는다는 데에 있다. 부정부패가 장기화되면서 그들을 용인하고 그들의 방식을 모방하는 자들이 양산되었음을 말하지 않을 수 없다. 위정자들의 부패에 제동을 걸지 않고 그들을 닮아 중간 간부, 말단 관리에 이르기까지 부정부패, 무사안일, 투기와 은닉 등으로 신성한 직무를 유기하고 있는 자들은 진정 무엇인가. 그 우려가 현실화된 것이 초유의 미증유 사건인 4·16 '세월호' 참변이 아닌가.

첫새벽을 환히 열며 손 흔들던 열일곱이

겹겹이 바람길에 줄을 놓친 나비 떼가

파도만 제 가슴팍을 시퍼렇게 두들기고

까치발로 팔 뻗으면 이미 반은 딸려 올 걸

우왕좌왕 술렁술렁 사간死諫을 놓치면서

물길을 자로 재는지 헛손질만 어이없다

뱃머리도 가라앉아 가뭇없는 저 하늘만

미안하다, 흩뿌리는 봄비만 하염없이

몇 날을, 추적거리며 곡비처럼 울고 있다.
―「팽목항 그래프」전문

　「팽목항 그래프」는 가슴 절절한 그날의 슬픔을 증언한다. 꽃다운 열일곱, 열여덟 살의 아이들이 목숨을 잃었다. 사고 전후로 선장을 비롯한 선원들이 침착하게 자신의 책무를 다 했다면 그들은 '골든타임'을 잡고 늘려 우리 아이들의 어여쁜 생명을 가뿐하고 사뿐하게, 배 위로 세상 밖으로 끌어 올릴 수 있었을 것이다. "파도만 제 가슴팍을 시퍼렇게 두들기고 // 까치발로 팔 뻗으면 이미 반은 딸려 올 걸 // 우왕좌왕 술렁술렁 사간死諫을 놓치면서 // 물길을 자로 재는지 헛손질만 어이없다"는 진술은 절절하여 읽는 이를 먹먹하게 한다. 참척의 시퍼런 한을 안고 겨우 버티는 부모는 오늘도 세월호 인양을 요구하며 서 있다. 도대체 누구를 믿고 살아야 하는가. '세월호'는 물질만능주의와 인명 경시가 빚은 이 시대의 민낯이고 시퍼런 경고장이다. 우리 모두가 '벌거벗은 생명'의 위험을 안고 살아가고 있지 않은가. 비단 이곳의 문제만은 아니다. 누구도 통제하지 않는 것처럼 보이는 현대 세계는 모두를 불확실성의 세계로 밀어 넣는데, 바우만은 불확실한 안전보장(insecure security, 직업 안정성), 불확실한 확실성(uncertain certainty, 더 많은 불확실성의 확산), 불확실한 안전(unsafe safety, 어떤 존재도 안전하지 않다는 인식) 등을 말하고 있다. 덧붙여 그는 좋은 사회란 자신이 속한 사회가 결코 현재로는 충분하지 않다고 생각하는 사람들이 많은 곳이며, 그래야만 현재 상태로부터 개선과 발전이 있을 수 있음을 역설한다. 우리는 정녕 이 세상을, 삶을, 우리 아이들을, 오지 않은 미래를 포기할 수 없다.

제짝 만나 떠나는 날 나 보듯이 봐주라며
책상 위에 올려주던 캄파눌라 화분 하나
잎이나 돋을 수 있을까 귓등으로 흘렸는데

난 자리 채우려나 달빛까지 불러놓고
웃음소리 떠난 방에 방긋방긋 재롱이네
해종일 이슬 한 모금 물려주지 못했는데

햇살 드는 창가로 제 자리를 옮겨주니
배시시 고개 돌려 눈 맞추는 저 옹알이
다시금 가슴 문질러 다스운 젖 깨워보네
─「꽃답」 전문

「꽃답」은 시인의 경계 없는 '생명' 사랑을 다시 확인하게 하는 애틋한 시이다. 불확실한 세상에서 가장 믿을 수 있는 기본 공동체는 사랑과 신뢰의 동아줄로 엮은 '가정'이라는 믿음은 시인의 변함없는 지론인데, 살폈듯이 이것이 혈육으로 구성된 '가족—가정'을 넘어 튼실하고 여유로운 공동체에 대한 희망임을 알 수 있다. 어머니를 보고 배워 어머니 되고 또 그 딸이 어머니가 되는 생 / 생명의 순환은 끝없이 자기를 새롭게 구성하고 채워가며 또 변해가는 과정에서 사랑과 이해를 실천하는 길일 것이다. 제짝 만나 떠나는 딸이 올려준 "캄파눌라 화분"을 화자는 자식 보듯이 반긴다. 섭섭해 넋 놓고 있던 시간을 지나 눈에 들어온 화분은 재롱과 옹알이를 보내는 '어린 생명'이다. "다시금 가슴 문질러 다스운 젖 깨워보네"의 시구는 절제되고 승화된 자식 사랑, 생명 사랑의 극치를 보여준다.

칠흑 같은 귀밑머리 하얗게 밀어내고

거울 속 내 하늘이 햇살처럼 환해온다

불혹을 벼랑에 떨치고 지천명에 이르니

오래도록 내린 그늘 하나둘씩 물리치고

내 주위에 맴을 도는 가을밤 별자리들

더 이상 어둠은 없다 반짝임이 돌올하다
－「징후」 전문

내 자식을 사랑하는 마음으로 모든 생명을 사랑하는 시인의 뜨거운 마음은 자신을 늘 새롭고 깊고 넓게 확장하며 시인으로서 거듭나고자 하는 다짐을 반복하게 한다.「징후」는 모든 만물의 사랑의 전수자, 희망의 전언자로 별빛을 담아 언어의 정수를 부리고 싶은 시인의 마음을 담고 있는 듯하다. 무릇 시 혹은 예술이란 자신이 속한 굴레를 벗어나 새로운 세계를 창출할 수 있다는 믿음에서 생산되는 것이 아닌가. 청아한 별자리를 세는 이상을 지향하는 시인 이남순은 진정한 말의 힘, 거침없이 시적 정수를 뿜어내는 가을밤의 별빛을 닮아 빛나고 돌올한 시인으로 우리 곁에 함께할 것을 예감하게 한다. 시인의 긍정과 희망에 뜨거운 신뢰를 보낸다.

혼자서 늘 혼자서 속마음 접었는데

숨겨온 그리움이

시나브로 부풀어서

어느새

내 가슴 가득

차오르는 얼굴이여

따스한 그 속살에 포근히 안겨보니

아, 나 오늘 밤

비로소 둥글어졌네

이제는

아쉬움 없네

기울어도 가득하겠네

    －「만월滿月」전문

 다시, 시인은 무엇인가. 꿈꾸는 자가 아닌가. 소박한 한 귀
퉁이에 생명의 그늘을 드리우는 것을 꿈꾸는 시인에게 숨겨
온 그리움이 부풀어 올라 가득 차오르는 "만월"의 시간은 모
든 '생명'의 소박한 꿈이 영글어지는 순간이 아닐까. "만월"
은 충만한 미래, 기원의 도달이다. 마침내 그 환한 순간이 온
다면 그것으로 가득하겠다는 순정의 푯대가 투명하다. "만

월"을 품어 어둠을 걷고 세상의 길을 밝히는 시인, 시인의 길은 사랑이다.